BLOOD ALONE 3

Sommaire

Épisode 15
CHERRY BLOSSOM

FLEUR DE CERISIER

C'EST BONDÉ, DIS DONC...
VOUUM
TU TROUVES ?
AU CONTRAIRE, IL N'Y A PAS GRAND MONDE.
C'EST À LA PROCHAINE STATION QUE ÇA SE GÂTE...
!!

ATTEN-TION AU DÉPART.
NE GÊNEZ PAS LA FERME-TURE DES PORTES.
LA PRO-CHAINE STATION EST…
...
QUELLE COHUE !
MISAKI...
...
...
MISAKI.

ON VA DESCENDRE À LA PROCHAINE.
AH LÀ LÀ...
JE NE PENSAIS PAS QU'IL POUVAIT Y AVOIR AUTANT DE MONDE SUR CETTE LIGNE...
...
MISAKI... ÇA VA ?
EUH... OUI.
TOI QUI AS DES HORAIRES DE TRAVAIL LIBRES, TU NE CONNAIS PAS L'HORREUR DES HEURES DE POINTE.
HUM...
...

ALORS TU PRENDS SOUVENT LE TRAIN À CETTE HEURE-CI ?
EH BIEN...
PAS SI SOUVENT QUE ÇA, MAIS J'AI DÉJÀ DÛ AFFRONTER LA FOULE.
LA PROCHAINE FOIS, ON TÂCHERA D'Y ALLER EN VOITURE...
JE VOIS...
POURQUOI ÇA ?
NON, RIEN...
MAIS POURQUOI ON EST DES-CENDUS ICI, AU JUSTE...
IL RESTAIT ENCORE DEUX STA-TIONS.
JE ME SUIS DIT QU'ON POURRAIT MARCHER... IL NE FAIT PAS TRÈS FROID.
...
D'ACCORD.

BONSOIR, MLLE KANA.
TU PEUX M'ATTENDRE EN HAUT ?
D'AC-CORD.
BONSOIR, MISAKI !

LES AFFAIRES VONT BIEN, ON DIRAIT.
OUI, MERCI !
NOUS AVONS BEAUCOUP DE BONS CLIENTS COMME MISAKI.
VOUS EXAGÉREZ !
TU ME DISAIS QUE TU AVAIS BESOIN D'UN MANNEQUIN ?
C'EST BIEN ÇA.
AUJOURD'HUI, IL S'AGIT SIMPLEMENT DE LES ESSAYER POUR VÉRIFIER QUE TOUT VA BIEN AU NIVEAU DE LA TAILLE ET DE LA COUPE.
J'AI QUELQUES TENUES UN PEU FORMELLES, DES ENSEMBLES À PORTER POUR LES REMISES DE DIPLÔME, NOTAMMENT.
J'AURAIS VOULU QUE MISAKI LES ESSAYE.
ÇA NE TE POSE PAS DE PROBLÈME ?
EH BIEN... TOUT DÉPEND DES TENUES...
TU ME DIRAS CE QUE TU EN PENSES APRÈS ÇA...

ÇA TE VA À RAVIR !
HMM... C'EST VRAIMENT LE MANNEQUIN QUI FAIT LA TENUE.
DE NOS JOURS, ON PORTE VRAIMENT CE GENRE DE CHOSES POUR LES REMISES DE DIPLÔME ?
ÇA FAIT LONGTEMPS QU'ON PORTE CE GENRE DE VÊTEMENTS.
LES ÉLÈVES AUSSI ONT ENVIE DE SE METTRE EN AVANT !
MAIS DIS-MOI PLUTÔT CE QUE TU EN PENSES... TU TROUVES ÇA MIGNON ?
EUH, PLUTÔT OUI.
TU VOIS ? KUROE AUSSI TROUVE ÇA MIGNON.
HÉ HÉ...

BON, MAINTENANT PASSONS À UN ENSEMBLE TAILLEUR-PANTALON.
JE VAIS TE RELEVER LES CHEVEUX.
WAAH ! ÇA TE VA VRAIMENT BIEN !
C'EST EXACTEMENT CE QU'IL TE FAUT, MISAKI...
C'EST SUPER, TU NE TROUVES PAS, KUROE ?
TOUTES MES TENUES TE VONT, C'EST EMBÊTANT...
MAIS NON, VOUS EXAGÉREZ !
EUH... OUI.
BIEN, MAINTENANT, ESSAYONS CECI.
ON N'EST PAS SORTIS DE L'AUBERGE...

POUR LA PROCHAINE FOIS, JE VOUDRAIS FAIRE UNE SÉANCE DE PHOTOS EN STUDIO, QU'EST-CE QUE TU EN DIS ?
JE PEUX ?
EH BIEN... SI LES PHOTOS NE SONT EXPOSÉES QUE DANS LE MAGASIN...
BON, ALORS ON A TA PERMISSION.
JE VOUS PASSERAI UN COUP DE FIL POUR FIXER UNE DATE !
D'ACCORD.
CE SACRÉ KUROE VOUDRAIT TE GARDER POUR LUI TOUT SEUL, C'EST POUR ÇA QU'IL FAIT CETTE TÊTE !
HEIN ?
NE VOUS MOQUEZ PAS DE MOI, S'IL VOUS PLAÎT...
EN GUISE DE REMERCIEMENTS, TU PEUX PRENDRE CE QUE TU VEUX DANS LA NOUVELLE COLLECTION DE PRINTEMPS.
WAAH ! MERCI, Mlle KANA !

ALORS, KUROE, QU'EN PENSES-TU ?
...
C'EST JOLI, CES COULEURS PRINTANIÈRES.
ÇA TE VA BIEN.
AH OUI ?
Mlle KANA, JE PRENDS CELLE-CI !
BIEN. MAINTENANT, ON VA TE CHOISIR DEUX OU TROIS PETITES CHOSES POUR ALLER AVEC.
C'EST VRAI ?!
QUELLE GÉNÉROSITÉ !
MAIS NON, CE N'EST RIEN...

C'EST DÉJÀ LA SAISON...
DES REMISES DE DIPLÔME...
EH BEN...
QU'Y A-T-IL ?
NON... CE N'EST RIEN...
MISAKI, ON POURRAIT ALLER ADMIRER LES CERISIERS AVANT DE RENTRER.
EN PLEINE NUIT ?

OUI !
IL Y A UN BEAU PARC DANS CETTE UNIVERSITÉ.
SUITE À LA RECRUDESCENCE DU NOMBRE D'ÉTUDIANTS QUI CIRCULENT EN ÉTAT D'ÉBRIÉTÉ DANS LE PARC, CE DERNIER EST INTERDIT D'ACCÈS LA NUIT PENDANT LA PÉRIODE DE FLORAISON DES CERISIERS.
PAS DE BOL...
...
BAH... ON Y VA QUAND MÊME ! ON N'A RIEN BU APRÈS TOUT...
HEIN ?!
MAIS... KUROE, ON NE PEUT PAS FAIRE ÇA !
MAIS SI ! ALLEZ, DONNE-MOI TA MAIN.

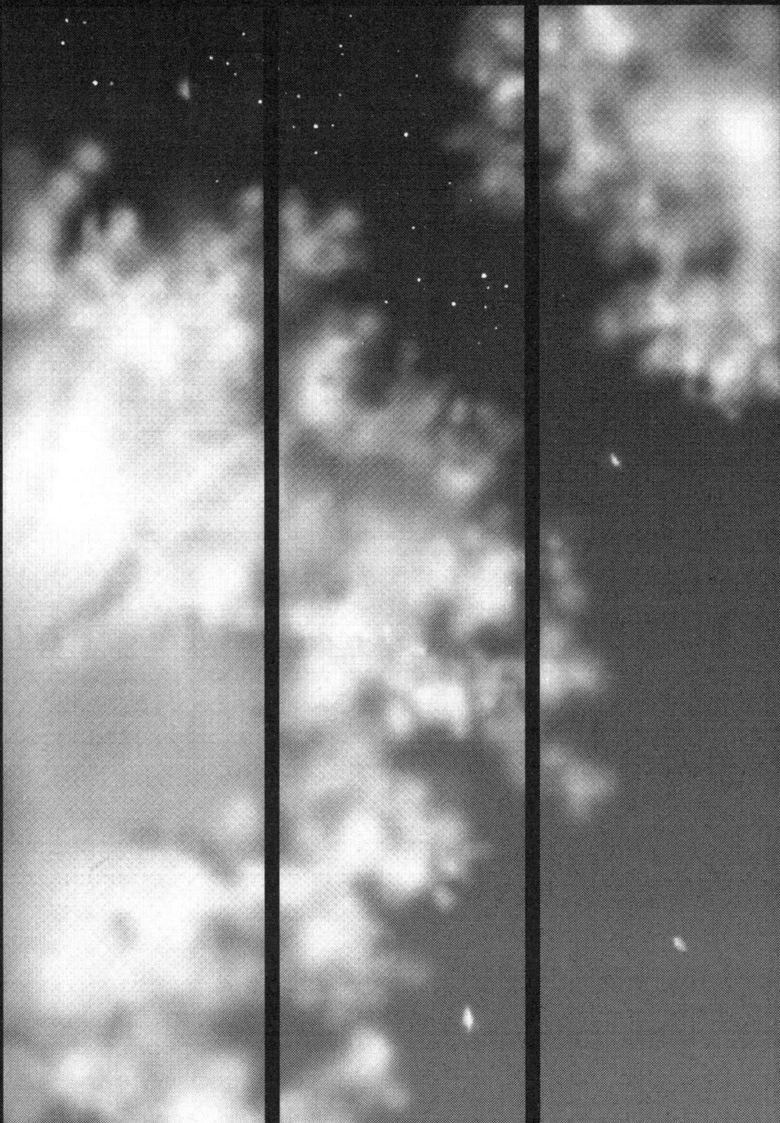

SI LES FLEURS DE CERISIER SONT AUSSI BELLES...
C'EST PARCE QU'ELLES NE PEUVENT S'ÉPANOUIR ...
QUE PENDANT UN COURT MOMENT.
MALGRÉ LEUR BEAUTÉ, SI LEUR FLORAISON DURAIT ÉTERNELLEMENT...
ON NE LES VERRAIT PLUS DE LA MÊME FAÇON...
...

DANS CE CAS, TU N'AS PAS DE SOUCIS À TE FAIRE, MISAKI...
PUISQUE TU NE T'ES PAS ENCORE TOUT À FAIT ÉPANOUIE.
...
ENFIN QU'EST-CE QUE TU RACONTES ?
JE VEUX DIRE QUE...
JE SUIS SÛR QUE TU POURRAS...

QUE JE POUR-RAI ?
EH, VOUS DEUX, LÀ-BAS !!
!!
IL EST INTERDIT DE CIRCULER ICI LA NUIT !!
ZUT ! UN GARDIEN...
AH...
VITE, FILONS !
VIENS, PAR ICI !
WAH...

ATTEN-
DEZ !!
HA...
HA...
ON EST TIRÉS D'AFFAIRE ?

IL M'A VRAIMENT FAIT PEUR.
AH !
QU'Y A-T-IL ?
EUH...
LES VÊTEMENTS QUE Mlle KANA M'A DONNÉS... JE LES AI LAISSÉS LÀ-BAS...
QUOI ?
FINALEMENT...
LE GARDIEN ÉTAIT EN COLÈRE, MAIS...
DITES DONC, UN ADULTE COMME VOUS NE DEVRAIT PAS FAIRE CE GENRE D'IDIOTIES !
JE SUIS DÉSOLÉ...
IL A TOUT DE MÊME RENDU LES VÊTEMENTS À KUROE.
PARDON, KUROE...

Épisode 16
MY FIRST MEMORY

NOTRE PREMIER SOUVENIR

MISAKI...
KYAH !
AAH...
GATCHANG
KUROE, TU POURRAIS FRAPPER !
OH... PARDON...
...
TOC
TOC
C'EST BON, TU PEUX ENTRER.

ENCORE EN TRAIN DE VOUS CHANGER ?
J'AI PROPOSÉ À MARIA DE PRENDRE UNE DE MES ROBES SI ELLE EN TROUVE UNE QUI LUI PLAÎT.
C'EST QUE JE N'AI PAS DE VÊTEMENTS MIGNONS COMME CEUX-LÀ...
IL SE TROUVE QUE MISAKI EN ACHÈTE BEAUCOUP, MAIS ELLE A POUR HABITUDE DE LES ENTASSER DANS UN PLACARD.
LE SYNDROME DE L'ÉCU-REUIL...
CE QUI FAIT QU'ELLE OUBLIE TOUJOURS OÙ ILS SONT, À CHAQUE CHANGEMENT DE SAISON.
MAIS NON, ENFIN ! JE ME RAPPELLE TRÈS BIEN OÙ SONT MES VÊTEMENTS !

EN FAIT, TU TOMBES BIEN.
TU VEUX BIEN M'ATTRAPER LA BOÎTE QUI EST AU-DES-SUS ?
CELLE-LÀ ?
OUI.
ZOUIP
OUPS...
VLASH
AH !
HA HA HA ! ÇA VA ALLER?
TOI, ALORS...
C'EST DANGEREUX DE FAIRE DES PILES COMME ÇA...

TIENS ?
STRANGE F
AH...
C'EST...
SHOUFF
ヒョイ
CETTE ROBE...

JE CROIS QU'ELLE T'IRAIT BIEN, MARIA.
!!
KUROE...
TU AS OUBLIÉ ?
ÇA NE TE POSE PAS DE PROBLÈ-ME, MISAKI ?
C'EST UNE JOLIE ROBE DU DIMANCHE, ET POURTANT ELLE N'A PAS L'AIR D'AVOIR ÉTÉ PORTÉE UNE SEULE FOIS.
IL VAUT MIEUX QUE QUELQU'UN LA PORTE, PLUTÔT QUE DE LA LAISSER DORMIR DANS UN PLACARD, NON ?
TU ES D'ACCORD, MISAKI ?
MAIS...
...

VAS-Y, PRENDS-LA.
OU... OUI !
TU T'ES HABITUÉE À L'APPARTEMENT DE HIGURE ?
OUI.
ÇA ME REND VRAIMENT SERVICE QU'IL M'HÉBERGE.
BON... TANT MIEUX.

DEMAIN, ON DEVAIT ALLER AU PARC D'ATTRACTIONS, ÇA TE DIRAIT DE VENIR AVEC NOUS ?
JE PEUX ?
BIEN SÛR. TU VEUX BIEN, MISAKI ?
...
MISAKI ?
HEIN ? AH...
B... BIEN SÛR !
PLUS ON EST DE FOUS...
ALORS C'EST DÉCIDÉ.

MISAKI...
POUR DEMAIN...
OUI ?
J'AI HÂTE QU'ON SOIT DEMAIN !
ÇA NE VA PAS, KU-ROE ? TU FAIS UNE DRÔLE DE TÊTE...
NON, C'EST RIEN.

AH LÀ LÀ...
CE N'EST QU'UNE ROBE, APRÈS TOUT...
JE NE DEVRAIS PAS ME MORFONDRE POUR ÇA...
TANT PIS S'IL A OUBLIÉ...
ÇA REMONTE DÉJÀ À UN CERTAIN TEMPS...
ET PUIS...
DE TOUTE FAÇON, CES SOUVENIRS RESTENT GRAVÉS DANS MON CŒUR.
...
J'AURAIS POURTANT AIMÉ QU'IL S'EN SOUVIENNE NE SERAIT-CE QU'UN PEU.
BIEN SÛR, IL NE L'A JAMAIS REVUE DEPUIS CE JOUR-LÀ...
FORCÉMENT... APRÈS L'AVOIR APPORTÉE AU PRESSING, J'AI VOULU LA CONSERVER PRÉCIEUSEMENT...

MAIS AU FAIT...
APRÈS L'AVOIR DONNÉE À NETTOYER, JE L'AI BIEN REMISE DANS SA BOÎTE, AVEC...
...
HAA
VLAF
AAAAH !
MISAKI ÉTAIT UN PEU ÉTRANGE, TOUT À L'HEURE...
CETTE EXPRESSION...
C'EST CELLE QU'ELLE PREND QUAND ELLE ME CACHE QUELQUE CHOSE.
POURTANT ON AVAIT DÉJÀ PARLÉ D'INVITER MARIA AU PARC D'ATTRACTIONS...
EN PLUS, MISAKI ÉTAIT RAVIE DE SE FAIRE UNE AMIE, DONC ÇA NE VIENT PAS DE MARIA...
UNE MINUTE... MAINTENANT QUE J'Y PENSE, C'EST AU MOMENT DE LUI DONNER LA ROBE, QUE...

...
MMH... JE NE COMPRENDS PAS...
POC
PLOTCH
AH...
ZUT...

HAA
!
CETTE...
CETTE ROBE...
ET SI C'ÉTAIT...

KUROE...

EST-CE QUE ÇA M'IRA...
HOP
MMMH
...
BOUH !
AAH ?!
HUH

HEIN ?
MONSIEUR HIGURE !
MAIS DEPUIS QUAND ÊTES-VOUS LÀ ?!
VU QUE TU ÉTAIS EN PLEIN TRIP SUR KUROE...
TU NE RISQUAIS PAS DE REMARQUER MA PRÉSENCE.
MAIS NON, PAS DU TOUT, MONSIEUR HIGURE !
MMMH...
C'EST UN PEU INAPPROPRIÉ DE M'APPELER "MONSIEUR", NON ?
TU N'ES NI MON ESCLAVE, NI MON INVITÉE.
...

J'AIMERAIS MIEUX QUE TU TE CONSIDÈRES COMME UN MEMBRE DE MA FAMILLE.
JE VOUDRAIS QUE TU ME CAJOLES COMME UN PETIT FRÈRE...
BLUSH
...
MAIS...
CE N'EST PAS SI ÉVIDENT...
C'EST LÀ QUE TU ÉTAIS CENSÉE RIRE...
ÇA NON PLUS, CE N'ÉTAIT PAS VRAIMENT ÉVIDENT...
ALLEZ, TÂCHE DE TE DÉTENDRE.
PERSONNE NE T'OBLIGE À FAIRE QUOI QUE CE SOIT, DANS CETTE MAISON.
...
TRÈS BIEN...

...RANGE RELATIONSHIP
LA ROBE QUE J'AI PORTÉE POUR NOTRE PREMIER RENDEZ-VOUS AVEC KUROE

QUE FAIRE ?
SI ELLE VOIT CE PAPIER...
MARIA !
TOC
TOC
UN APPEL POUR TOI, C'EST KUROE.
LA ROBE QUE J'AI PORTÉE POUR NOTRE PREMIER RENDEZ-VOUS AVEC KUROE

ALLEZ, MONSIEUR HIGURE !
MAIS J'AI SOMMEIL...
HIGURE ?

HEIN ?
JE TE LA RENDS.
PARDON, JE NE PEUX PAS ACCEPTER UN OBJET D'UNE TELLE VALEUR.
ET PUIS, JE CROIS QUE LES MANCHES SONT TROP ÉTROITES POUR MOI.
EUH... EST-CE QU'IL Y AVAIT UN PETIT MOT DANS LA BOÎTE ?
UN MOT ?
EH BIEN, JE N'AI RIEN REMARQUÉ...
AH... AH BON ?
ALORS TOUT VA BIEN, NE FAIS PAS ATTENTION.

C'EST QUOI, CETTE HISTOIRE ?
MMH... C'EST COMPLIQUÉ.
MAIS DIS-MOI PLUTÔT CE QUE TU FAIS LÀ...
C'EST MARIA QUI A INSISTÉ.
BAH... JE CROIS QUE ME SENS PLUS À L'AISE ICI QUE TOI, DE TOUTE FAÇON.
...

ALLEZ, ON RETOURNE FAIRE CETTE ATTRACTION !
D'ACCORD, JE VOUS ATTENDS ICI AVEC HIGURE.
...
À PROPOS DE MARIA... JE TE REMERCIE POUR TOUT CE QUE TU AS FAIT.
...
CE N'EST RIEN...

J'AI TOUT DE MÊME ÉTÉ SURPRIS QUE TU ME DEMANDES DE L'AIDE.
J'AI PENSÉ QUE TOI, TU ACCEPTERAIS DE NOUS DONNER UN COUP DE MAIN.
TU AS DEMANDÉ À SLY ?
...
BAH... PEU IMPORTE.
TU AS BIEN FAIT DE TE TOURNER VERS MOI.
MAINTENANT QU'ELLE EST DEVENUE UNE RENFIELD, ELLE A BESOIN DU SANG DE SON "SHIN AKORDA", SON MAÎTRE DE SANG.
SI ON NE PARVIENT PAS À MAINTENIR LE MAÎTRE D'UN RENFIELD EN VIE...
ON N'A PAS LE CHOIX, IL FAUT FAIRE VENIR UN VAMPIRE DE LA MÊME FAMILLE DE SANG...
OU BIEN QU'UN TIERS SE DÉVOUE POUR DÉVORER LE MAÎTRE...

CEPENDANT, MÊME QUAND IL S'AGIT D'UN VAMPIRE DE BASSE CATÉGORIE...
L'ABSORPTION DE SON SANG, AUTREMENT DIT DE SA STRARDA, PRÉSENTE TOUJOURS UN DANGER...
BIEN SÛR, JE SUIS TROP PUISSANT POUR QUE ÇA REPRÉSENTE UN RISQUE POUR MOI...
MAIS L'ESPRIT D'UN AUTRE VAMPIRE QUE MOI POURRAIT TRÈS BIEN ÊTRE DÉVORÉ PAR LA STRARDA DE SA PROIE...
...
J'AI BRÛLÉ LES RESTES DU CORPS DU TUEUR QUI POURSUIVAIT LE PÈRE DE MARIA, ET J'AI LAISSÉ COURIR LE BRUIT QUE SA CIBLE AVAIT ÉTÉ EXÉCUTÉE.
ILS DEVRAIENT ÊTRE EN SÉCURITÉ UN BON MOMENT...
MAIS BIEN SÛR, IL FAUT QU'ILS RESTENT CHEZ MOI POUR L'INSTANT...
QUAND BIEN MÊME L'INSIGRAD SPARDA S'EN APERCEVRAIT, ELLE N'ESSAIERAIT PAS DE S'EN PRENDRE À MOI...
ELLE N'A PAS ENVIE DE DÉCLENCHER UNE GUERRE CONTRE UNE FAMILLE DE VAMPIRES.
JE NE SAIS PAS COMMENT TE REMERCIER...

MAIS SI...
IL Y A BIEN UN MOYEN DE ME REMERCIER... DÈS MAINTENANT...
...
DE QUOI PARLES-TU ?
RIEN, LAISSE TOMBER...
ÇA N'A PAS MARCHÉ...
DISONS JUSTE QUE TU M'ES REDEVABLE.
APRÈS TOUT, JE NE SUIS PAS UN VAMPIRE DÉSINTÉRESSÉ ...

TIENS ? OÙ EST KUROE ?
JE CROIS QU'IL EST ALLÉ ACHETER QUELQUE CHOSE.
MONSIEUR HIGURE, PLUTÔT QUE DE RESTER ASSIS SUR VOTRE CHAISE, VOUS NE VOULEZ PAS ESSAYER UNE ATTRACTION ?
NON, JE SUIS TRÈS BIEN ICI.
...
ALLEZ, NE DITES PAS ÇA ! VENEZ !
EH, MAIS...

JE VIENS AUSSI, ALORS...
ATTENDS PLUTÔT QUE KUROE REVIENNE.
IL RISQUE DE S'INQUIÉTER S'IL NE TROUVE PLUS PERSONNE.
D'ACCORD...
TIENS ?
IL N'Y A QUE TOI, MISAKI ?
OUI.
MARIA ET HIGURE SONT PARTIS ENSEMBLE FAIRE UNE ATTRACTION.
AH BON...

J'AVAIS ACHETÉ DES BOISSONS POUR TOUT LE MONDE...
MERCI.
N'EN RENVERSE PAS SUR TES VÊTEMENTS, COMME L'AUTRE FOIS...
!!
C'EST BIEN LE JOUR OÙ ON S'EST ORGANISÉ UNE PETITE SORTIE TOUS LES DEUX QUE TU PORTAIS CETTE ROBE, NON ?

...
KUROE...
TU T'EN ES RAPPELÉ...
AH... AH BON ?
OUI.
COMMENT POURRAIS-JE L'OUBLIER !
KUROE...

TU ÉTAIS AU BORD DES LARMES, ET TU CRIAIS TRÈS FORT.
C'ÉTAIT QUELQUE CHOSE...
!!
MAIS JE N'ÉTAIS PAS AU BORD DES LARMES !
TU AS RAISON. EN FAIT TU PLEURAIS CARRÉMENT À CHAUDES LARMES...
TOUT LE MONDE NOUS REGARDAIT, C'ÉTAIT PLUTÔT GÊNANT.
MAIS PAS DU TOUT !!
SNIF
SNIF
OLA
NON, CE N'EST PAS CE QUE VOUS CROYEZ...
OLA
FLAP
FLAP
MAIS KUROE, TU DÉFORMES TOUT !

TU NE CROIS PAS QUE TU PRENDS UN PEU TROP DE PRÉCAUTIONS ?
C... COMMENT ÇA ?
TU SAIS, JE N'AI PAS L'IMPRESSION QU'IL Y AIT QUELQUE CHOSE DE PARTICULIER ENTRE CES DEUX-LÀ...
AH... AH BON ?
SI TU NE PASSES PAS À L'ATTAQUE, C'EST MOI QUI VAIS PRENDRE LES DEVANTS.
MONSIEUR HIGURE...

EXCUSE-MOI...
JE N'AI PAS ÉTÉ TRÈS MALIN.
CE N'EST PAS GRAVE.
CE N'EST QU'UN VÊTEMENT, APRÈS TOUT.
C'EST VRAI.

NOUS AVONS UN SOUVENIR COMMUN, KUROE ET MOI.
ÇA ME VA TRÈS BIEN COMME ÇA...

Épisode 17
MIDNIGHT SWIM

BAIN SOUS LE CIEL ÉTOILÉ

SUPER ! IL N'Y A PERSONNE !
C'EST COMME SI C'ÉTAIT RÉSERVÉ RIEN QUE POUR NOUS !
VU L'HEURE, C'EST NORMAL.

C'EST FORMIDABLE D'AVOIR UNE PISCINE PRÈS DE CHEZ SOI OÙ ON PEUT NAGER QUAND ON VEUT.
C'EST PAS VRAIMENT UNE SAISON POUR ALLER À LA PISCINE...
BON, À L'EAU !
SHHH
DU CALME MADEMOISELLE.
TU VAS TE CHANGER DANS LES VESTIAIRES !
MAIS... IL N'Y A QUE NOUS DEUX.
ÇA NE ME DÉRANGE PAS QUE TU ME VOIES.
HI HI
D'ACCORD.
IL EST GÊNÉ !

HEIN ?!
EH BIEN QUOI, TU NE TE CHANGES PAS ?
!!
JE...
JE PLAISANTAIS, ÉVIDEMMENT !
TAP スタ TAP スタ
JE VAIS ME CHANGER DANS LES VESTIAIRES.
...

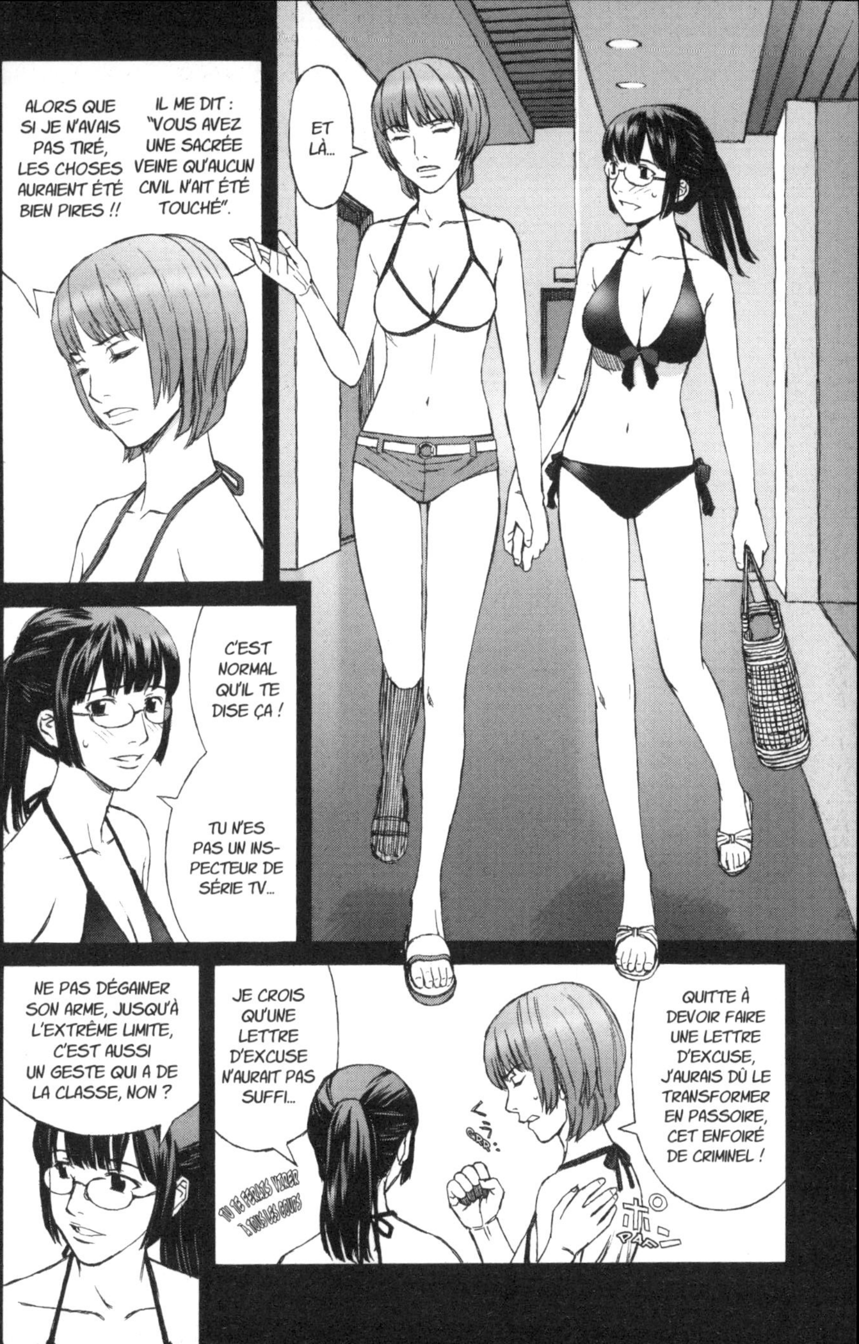
ET LÀ...
IL ME DIT : "VOUS AVEZ UNE SACRÉE VEINE QU'AUCUN CIVIL N'AIT ÉTÉ TOUCHÉ".
ALORS QUE SI JE N'AVAIS PAS TIRÉ, LES CHOSES AURAIENT ÉTÉ BIEN PIRES !!
C'EST NORMAL QU'IL TE DISE ÇA !
TU N'ES PAS UN INSPECTEUR DE SÉRIE TV...
QUITTE À DEVOIR FAIRE UNE LETTRE D'EXCUSE, J'AURAIS DÛ LE TRANSFORMER EN PASSOIRE, CET ENFOIRÉ DE CRIMINEL !
PAF
JE CROIS QU'UNE LETTRE D'EXCUSE N'AURAIT PAS SUFFI...
TU TE FERAIS VIRER À TOUS LES COUPS
NE PAS DÉGAINER SON ARME, JUSQU'À L'EXTRÊME LIMITE, C'EST AUSSI UN GESTE QUI A DE LA CLASSE, NON ?

...
TU VAS FINIR PAR ME VEXER...
ALLEZ, SI NOUS SOMMES VENUES JUSQU'ICI...
C'EST POUR NAGER ET OUBLIER NOS SOUCIS.
!!
MON PRINCE CHARMANT !
HEIN ?

QUI EST-CE ?
TU TE RAPPELLES L'HISTOIRE DE CE DÉTRAQUÉ QUI ATTAQUAIT LES GENS AU CUTTER ?
EUH
EUH
OUI.
C'EST LUI QUI T'A SAUVÉE ?
C'EST LUI, TU EN ES SÛRE ?
MAIS OUI, JE SUIS CERTAINE QUE C'EST LUI !
JE NE LE VOYAIS PAS DU TOUT COMME ÇA... IL A L'AIR TELLEMENT DOUX...
JE N'AURAIS JAMAIS CRU LE REVOIR ICI...
EH BIEN ? QU'EST-CE QUE TU ATTENDS ?
COMMENT ÇA ?
TU NE VAS PAS RESTER CACHÉE ICI À LE REGARDER, ALLEZ !
POF
AH !

EUH...
OUI ?
JE VOUS SUIS TRÈS RECONNAISSANTE DE M'AVOIR SECOURUE, L'AUTRE JOUR.
JE N'AI PAS EU L'OCCASION DE VOUS REMERCIER.
HEU
HEU
?
PARDON-NEZ-MOI, MAIS...
JE NE VOIS PAS DU TOUT DE QUOI VOUS VOULEZ PARLER...
OÙ NOUS SOMMES-NOUS RENCONTRÉS ?
HEIN ?
M... MAIS VOUS M'AVEZ SAUVÉE D'UNE AGRESSION, DANS UNE GALERIE MARCHANDE SOUTERRAINE...
HEU
HEU
C'EST MAL BARRÉ...
KUROE !

ME VOILÀ !
HEIN ?
QUI EST-CE ?
EUH...
QUOI ?!
IL A UNE FILLE ?!
TU LES CONNAIS ?
EH BIEN...
ALORS C'EST UN HOMME MARIÉ !

CE...
CE N'EST PAS JUSTE...
VOUS VOUS SENTEZ BIEN ?
PAF
PARDON !
DÉSOLÉES POUR LE DÉRANGEMENT !
TAP TAP
REPRENDS-TOI, VOYONS !
TAP TAP
IL EST MARIÉ ET IL A UN ENFANT, ÇA N'A PLUS AUCUN INTÉRÊT !
C'EST JUSTE UN TYPE QUI ESSAIE DE FAIRE JEUNE, LAISSE TOMBER !
JE N'AURAIS JAMAIS CRU QU'IL AIT UNE FILLE DE CET ÂGE...

...
UN ENFANT ?
HEU
UN TYPE QUI ESSAIE DE FAIRE JEUNE...
AT-TENDS.
GWIIC
OÙ VAS-TU ?
JE VAIS ALLER LUI DIRE QUE JE NE SUIS PAS TA FILLE.
ARRÊTE, TU VEUX ? ÇA VA COMPLIQUER LES CHOSES POUR RIEN.
...

AU FAIT...
TU NE TE CHANGES PAS, TOI ?
NON, JE NE VAIS PAS NAGER.
PFF, C'EST NUL.
CE SERAIT PLUS AMUSANT DE NAGER TOUS LES DEUX.
QU'EST-CE QUE TU FAIS ?
ÇA SE VOIT, NON ?
PFF
PFF

...
PASSE-LE-MOI.
AH !
AH...
C'EST UN BAISER INDIRECT !!
HUM ?
NON, RIEN.

BON, ÇA DEVRAIT SUFFIRE.
BOING
TU N'ARRIVES VRAIMENT PAS À NAGER SANS BOUÉE ?
MH...
MAIS SI, VOYONS.
JE PEUX NAGER SUR AU MOINS 5... NON, 10 MÈTRES...
AH OUI ?
VOILÀ, J'AI FINI.
MERCI...

ET HOP !
ZWIIISH
?!
PLOUTCH
OH, ELLE EST ALLÉE BEAU-COUP PLUS LOIN QUE JE NE PENSAIS...
...
MAIS C'EST PAS VRAI !
T'ES MÉCHANT !
VLAH

ATTENTION, PENDANT QUE TU PARLES, ELLE S'ÉLOIGNE DE PLUS EN PLUS.
ESPÈCE D'IDIOT !
TU VAS ME LE PAYER !

MISAKI.
PLATCH
ON VA RENTRER...
TU AS ASSEZ NAGÉ, NON ?
HEIN, DÉJÀ ?
D'AC-CORD...

TOI, TU NE FAIS JAMAIS D'EXERCICE.
ÇA AURAIT ÉTÉ PLUS AMUSANT DE NAGER À DEUX...
DIS-MOI, KUROE...
TU N'AURAIS PAS UN PEU GROSSI, CES DERNIERS TEMPS ?
TCHACK
MMH
C'EST VRAI QUE JE NE FAIS PLUS BEAUCOUP DE SPORT, RÉCEMMENT...
HOP !
PLAF
AHH !
TU AS BAISSÉ TA GARDE
PLOUF

...
BLOUTCH
EH BIEN VOILÀ !
ÇA DEVIENT AMUSANT !
OUI...
MAINTENANT, AUTANT QUE JE ME METTE EN MAILLOT.
OUI !
FLAH
GAGNÉ ! ♪
HEIN ?
GWIC
WOUP
AHHHH !!
PLOUF

PLATCH
PFF !!
PFFF !!
BWAA-
AAAAH
!!
PLATCH
AH !!
BLOUTCH
AH...
HAA
HAA
HA HA HA !
C'EST
AMUSANT,
NON ?
ES-
PÈCE
D'IDIOT
!
TAP
TAP

HUMPF...

REGARDE. LA LUNE...
LA LUNE ?
AH OUI, C'EST VRAI.
ET TOUTES CES ÉTOILES !!

QUAND TU ME TIENS DANS TES BRAS...
JE PEUX ATTEINDRE LES ÉTOILES AVEC MA MAIN.

HI HI...
J'EN FAIS UN PEU TROP, PEUT-ÊTRE ?
MISAKI...
OUI ?

UN JOUR...

UN JOUR ON IRA À LA MER, TOUS LES DEUX.

OUI...

MAIS AVANT ÇA...
TU DOIS ÊTRE CAPABLE DE NAGER AU MOINS SUR 25 MÈTRES.
バチャ SPLASH
バチャ SPLASH
...
BON, MAINTENANT ON VA FAIRE DES EXERCI-CES DE RES-PIRATION.

Épisode 18
MIDNIGHT CRUISE

SON VRAI VISAGE

ZZZ

ZZZ
ポー
SUR CE...
METTONS-NOUS AU TRAVAIL.
DING
DONG
!!

AH, TU NE DORMAIS PAS, TANT MIEUX.
SAINOME...
TU ES BIEN MATINALE, QUE T'ARRIVE-T-IL ?
RIEN DE BIEN MÉCHANT.
MISAKI N'EST PAS LÀ ?
ELLE DORT DÉJÀ.
AH BON...
QU'EST-CE QUE TU DIRAIS ...

D'UN RENDEZ-VOUS ?
HEIN ?

TU CONDUIS TOUJOURS DES VOITURES AUSSI LUXUEUSES, À CE QUE JE VOIS...
TU DIS ÇA, MAIS LA TIENNE N'EST PAS MAL NON PLUS, SI JE ME SOUVIENS BIEN.
ELLE APPARTENAIT À REIJI.
ET À PART ÇA, OÙ VA-T-ON ?
DANS UNE MAISON DE FAMILLE.
...
LA FAMILLE DE QUI ?

* SENPAI DÉSIGNE UN ÉLÈVE D'UNE CLASSE SUPÉRIEURE, TANDIS QUE KUN S'EMPLOIE POUR UN ÉLÈVE MOINS ÂGÉ, NDT.

MLLE SAYAKA !!
BIENVENUE CHEZ VOUS !
JE SUIS DÉSOLÉE...
DE DÉBARQUER À L'IMPROVISTE, HANA...
MAIS NON, VOYONS.
VOUS ÊTES ICI CHEZ VOUS, PERSONNE N'A QUOI QUE CE SOIT À Y REDIRE.
J'AVOUE QUE JE SUIS SURPRISE...
DE VOUS VOIR REVENIR ACCOMPAGNÉE D'UN SI CHARMANT JEUNE HOMME.

NON, VOUS VOUS TROMPEZ.
COMME JE VOUS L'AI DÉJÀ DIT, CE N'EST QU'UN AMI.
NE SOYEZ PAS GÊNÉE.
JE COMPRENDS PARFAITEMENT, VOUS SAVEZ.
HANA...
AU FAIT...
VOUS AVEZ L'INTENTION D'ALLER VOIR VOTRE PÈRE, DEMAIN ?
OUI...
JE VOULAIS BRÛLER AU MOINS UNE FOIS UN BÂTON D'ENCENS SUR SA TOMBE...
IL EN SERA SÛREMENT RAVI !
OUI...
JE L'ESPÈRE...

C'EST L'ANNIVERSAIRE DE LA MORT DU DOCTEUR SAINOME...
AH, JE VOIS...
TIENS, VOUS CONNAISSIEZ LE PÈRE DE Mlle SAYAKA ?
OUI. IL S'EST OCCUPÉ DE MA GRANDE SŒUR LORSQU'ELLE ÉTAIT À L'HÔPITAL.
C'EST COMME ÇA QUE VOUS AVEZ CONNU Mlle SAYAKA, ALORS...
EN FAIT NON, NOUS ÉTIONS DÉJÀ ENSEM-BLE AU LYCÉE, ELLE ÉTAIT UNE CLASSE AU-DESSUS DE MOI...
EH BIEN !
JE N'AURAIS PAS CRU QUE MADE-MOISELLE OSE FLIRTER AVEC UN ÉLÈVE PLUS JEUNE QU'ELLE !
HA HA...

COMME ELLE NE SEMBLAIT PAS S'INTÉRESSER AUX GARÇONS, JE M'INQUIÉTAIS À SON SUJET !
ALORS, DITES-MOI, QU'EN EST-IL VRAIMENT ?
EH BIEN, EUH...
MAIS OÙ EST PASSÉE SAINOME ?
カチャ

MAMAN VIENT DE RENDRE SON DERNIER SOUPIR...
OUI...
JE VIENS DE LA VOIR.
POURQUOI...
POURQUOI TU N'ES PAS VENU PLUS TÔT ?
...

J'AVAIS UNE OPÉRATION URGENTE...
CE PATIENT AVAIT BESOIN DE MOI. J'ÉTAIS OBLIGÉ D'Y ALLER.
JE N'AVAIS PAS LE CHOIX, MALHEUREU-SEMENT.
PAS LE CHOIX ?
C'EST TOUT CE QUE TU TROUVES À DIRE ?
PLUTÔT QUE D'ASSISTER MAMAN DANS SES DERNIERS INSTANTS...
TU AS PRÉFÉRÉ T'OCCUPER D'UNE PERSONNE QUE TU NE CONNAIS MÊME PAS !
BAF

MÊME SI J'AI EU TORT, TU N'AS PAS LE DROIT DE DIRE ÇA.
SAYAKA !

M. SAINOME AVAIT BEAUCOUP DE MAL À EXPRIMER SES SENTIMENTS.
TOUTEFOIS, SON ÉPOUSE ÉTAIT CAPABLE DE LIRE DANS LE CŒUR DES GENS. ELLE SAVAIT SI BIEN LE FAIRE QUE C'EN ÉTAIT PRESQUE TROUBLANT. JE CROIS QU'ELLE COMPRENAIT TRÈS BIEN SON MARI...
MAIS CELA, MADEMOISELLE N'A JAMAIS PU L'ACCEPTER.
LA MORT DE Mme SAINOME A ÉTÉ UNE ÉPREUVE PARTICULIÈREMENT DIFFICILE.

!!
UN JOURNAL ?
DIARY
...
JE N'AURAIS JAMAIS CRU QU'IL TENAIT UN JOURNAL...
DIARY
FLAP
FLAP
FLAP

...
MAIS QU'EST-CE QUE C'EST QUE ÇA ? IL NE PARLE QUE DE CE QU'IL MANGE ET DES GENS QU'IL A RENCONTRÉS...
IL NE DIT RIEN SUR LUI-MÊME...
FLAFO
FLAFO
CE N'EST QU'UN VULGAIRE AGENDA, EN SOMME...
BAH... ÇA LUI RESSEMBLE BIEN...
...
FLAFO
FLAFO
AH, VOILÀ...

CET APRÈS-MIDI, J'AI DÛ EFFECTUER UNE OPÉRATION D'URGENCE.
LE PATIENT ÉTAIT UN TOUT JEUNE GARÇON.
LE JOUR DE LA MORT DE MA MÈRE.
JE SUIS SORTI DE LA SALLE D'OPÉRATION AU BOUT DE 6 HEURES.
JE N'AI PAS PU ASSISTER AUX DERNIERS INSTANTS DE YÔKO, MAIS...
J'AI RÉUSSI À SAUVER LA VIE D'UN PATIENT.
JE SUIS SÛR QUE MA FEMME A COMPRIS...
QUE JE FAISAIS LE BON CHOIX.

PLAF

BIEN, JE VAIS PRENDRE CONGÉ, MADEMOISELLE.
AH OUI...
JE VOUS AI PRÉPARÉ DEUX FUTONS DANS LA CHAMBRE D'AMIS DU FOND.
HEIN ?!
MERCI D'AVOIR PRIS CETTE PEINE.
!!
BONNE NUIT.
KRRRR
...
QU'Y A-T-IL ?
IL POURRAIT TOUT DE MÊME RÉAGIR DAVANTAGE À L'IDÉE DE DORMIR AVEC MOI...
IL N'A PAS SAISI... OU ALORS IL S'EN FICHE COMPLÈTEMENT...
NON, RIEN.

AAAAAH...
J'AI L'IMPRESSION DE DORMIR DANS UNE AUBERGE TRADITION-NELLE.
NE DIS PAS DE BÊTISES.
C'EST TA MAISON, NON ?
OUI, MAIS JE N'ÉTAIS PAS REVENUE DEPUIS LONGTEMPS.
EN PLUS, TU ES EN KIMONO.
C'EST HANA QUI L'A SORTI POUR MOI.
...
AH OUI, TIENS.

FLOF
HANA NOUS A APPORTÉ UN BON SAKÉ DU COIN.
ÇA TE DIT ?
...
QU'Y A-T-IL ?
EUH, RIEN...
JE PRENDS ÇA POUR UN OUI, ALORS !

ÇA FAISAIT LONGTEMPS QUE JE NE M'ÉTAIS PAS SENTIE AUSSI DÉTENDUE...
ÇA ME FAIT TOUT DRÔLE DE T'AVOIR À CÔTÉ DE MOI.
TU NE SERAIS PAS UN PEU SURMENÉE ?
JE SAIS QUE TU AS PARFOIS TENDANCE À ÊTRE UNE VRAIE ACCRO DU TRAVAIL.
C'EST ÉTRANGE, TOUT DE MÊME...
MOI QUI DÉTESTAIS CET ASPECT DE SA PERSONNALITÉ...
J'AI FINI PAR FAIRE LA MÊME CHOSE...

TU PARLES DE TON PÈRE ?
OUI.
IL A TOUJOURS ÉTÉ DÉVOUÉ À SON TRAVAIL, MAIS PAS À SA FAMILLE.
IL NE M'A JAMAIS FÉLICITÉE...
IL N'A JAMAIS ÉTÉ EN COLÈRE CONTRE MOI...
JE CROIS QU'IL N'A LEVÉ LA MAIN SUR MOI QU'UNE SEULE FOIS.
JE ME DIS TOUT SIMPLEMENT QUE JE NE L'INTÉRESSAIS PAS.

JE PENSAIS PARVENIR À MIEUX LE COMPRENDRE, AVEC L'ÂGE...
J'AVAIS TORT, ON DIRAIT.
SAYAKA., NE JUGE PAS TON PÈRE AINSI.
IL N'A JAMAIS SU TROUVER LES MOTS, TU SAIS.

ET PUIS IL EST MÉDECIN, IL ESTIME QUE C'EST SA MISSION D'EN ATTENDRE TOUJOURS PLUS DE LUI-MÊME.
TU AS SÛREMENT EU L'IMPRESSION QU'IL ÉTAIT FROID AVEC MOI, ET QUE SEUL SON TRAVAIL COMPTAIT, MAIS IL N'EN EST RIEN.
SAYAKA...
EN T'EFFLEURANT AINSI...
J'ESPÈRE POUVOIR TE FAIRE SENTIR ...
TOUT L'AMOUR QUE TON PÈRE A POUR MOI.

ALORS JE T'EN PRIE, SAYAKA...
N'AIE PAS UNE AUSSI MAUVAISE OPINION DE TON PÈRE.
...

MAMAN...
DIARY
MALGRÉ CE QUE TU M'AS DIT...
JE SAIS BIEN COMMENT IL ÉTAIT VRAIMENT...
!!
TIENS...
IL MANQUE UNE PAGE...
ELLE A ÉTÉ DÉCHIRÉE ?

C'EST LE MÊME PAPIER QUE LES PAGES DU JOURNAL...
AH...
カサ
FLAP

NON, IINUTILE DE ME MENTIR À CE POINT.

JE REGRETTE PROFONDÉMENT...
DE NE PAS AVOIR PU ASSISTER AUX DERNIERS INSTANTS DE MON ÉPOUSE.
JE N'AI PAS PU SUPPORTER QU'ELLE NOUS QUITTE.
JE NE POUVAIS ME PARDONNER MON IMPUISSANCE. JE NE SUPPORTAIS PAS L'IDÉE DE NE RIEN POUVOIR FAIRE POUR L'AIDER, SINON RESTER PRÈS D'ELLE ET LUI TENIR LA MAIN.

MAIS SI C'ÉTAIT EFFECTIVEMENT TOUT CE QUE JE POUVAIS POUR ELLE, J'AURAIS DÛ LE FAIRE...
JE CROIS BIEN...
QUE J'AI FAIT LE MAUVAIS CHOIX.

JE NE SAURAI JAMAIS EXACTEMENT POURQUOI MON PÈRE A DÉCHIRÉ CETTE PAGE...
NI POURQUOI IL N'A PAS PU S'EN DÉBARRAS-SER.
MAIS J'AI L'IMPRESSION D'AVOIR RÉUSSI À LE COMPREN-DRE UN PEU... JE CROIS QU'IL N'A PAS PU SE RÉSOUDRE À JETER...
LA PAGE QU'IL VENAIT DE FROISSER... CETTE PAGE À LAQUELLE IL AVAIT CONFIÉ SES SENTIMENTS POUR MA MÈRE...
J'AI COMPRIS UN PEU DE SA DIFFICULTÉ À ÊTRE À LA FOIS PÈRE ET MÉDECIN.
CEPEN-DANT...

MÊME SI JE COMPRENDS ENFIN SES SENTIMENTS...

IL EST TROP TARD.
MADE-MOISELLE SAYAKA ! C'EST VOTRE PÈRE, IL...
VENEZ VITE !
...
JE SUIS DÉSO-LÉE...
JE NE PEUX PAS.
J'AI DU TRAVAIL...
MADEMOI-SELLE...
ガチャ
GATCHANG

EXCUSEZ-MOI...
SERIEZ-VOUS DE LA FAMILLE DU DOCTEUR SAINOME ?
OUI...

LE DOCTEUR SAINOME M'A SAUVÉ LA VIE LORSQUE J'ÉTAIS ENFANT.
JE VOULAIS LUI ANNONCER QUE J'AVAIS DÉCIDÉ DE ME CONSACRER À LA RECHERCHE.
JE VIENS À PEINE DE COMMENCER, MAIS...
JE SOUHAITE VRAIMENT DEVENIR UN JOUR...

UN MÉDECIN AUSSI EXTRAORDINAIRE QUE LUI.
KUROE...
JE...
C'EST...

C'EST MOI QUI N'AVAIS RIEN COMPRIS...
MOI...
QUI ME SUIS OBSTINÉE COMME UNE IDIOTE.

ON DIRAIT BIEN QU'IL N'Y A QUE MOI QUI N'AI PAS SU PERCEVOIR LES SENTIMENTS DE MON PÈRE ET DE MA MÈRE.

JE PENSE QUE TU Y ES PARVENUE, AU CONTRAIRE...
MÊME SI TU AS PRIS UN CHEMIN DÉTOURNÉ...
...
PARDON DE T'AVOIR MÊLÉ À TOUT ÇA...
C'EST JUSTE QU'IL N'Y A PERSONNE À QUI JE PEUX ME MONTRER SOUS CE JOUR-LÀ...
C'EST VRAI...

ON SE MONTRE RAREMENT SOUS CE JOUR-LÀ EN PUBLIC...
T'AS LES YEUX TOUT ROUGES...
FLASH !
IDIOT !

KUROE ?
HMM ?
MERCI.

Épisode 19
HOME ALONE

LA CHAMBRE OÙ TU N'ES PLUS

BONJOUR ! BIENVENUE À TOUS, CHERS AMIS !
FLASH
AUJOURD'HUI, NOUS ALLONS CHOISIR POUR CE JEUNE HOMME, J'AI NOMMÉ KUROE...
UNE ÉPOUSE !!
SALUT.
HEIN ?
ET MAINTENANT, QUE CELLES QUI VEULENT DEVENIR LA FEMME DE KUROE...
LÈVENT LA MAIN !

KYAAH !
KUROE !!
?!
KYAH♥
HEIN ?!
MAIS QUE...
ALLEZ, PLUS FORT !
SEULE CELLE QUI Y METTRA LE PLUS DE CŒUR POURRA DEVENIR LA FEMME DE KUROE !
AH...
MADEMOI-SELLE, LÀ-BAS !
OUI, VOUS !
ZIP

C'EST DONC Mlle SAINOME QUI A ÉTÉ CHOISIE POUR DEVENIR LA FEMME DE KUROE !!
HEIN ?!
ALLEZ-Y, VOUS POUVEZ LUI PRENDRE LA MAIN !
KYAAH
SAINOME ?!
BLUSH
PARDON, MISAKI.
MAIS C'EST PAS VRAI...
C'EST PAS VRAI, KUROE, HEIN ?
TU NE PEUX PAS FAIRE ÇA !
MOI AUSSI, J'AIME KUROE.
ALLEZ, PORTE-TOI BIEN.
AT-TENDS...
ATTENDS !

BOUM
OUH...
AH...
C'ÉTAIT UN RÊVE ?

KUROE ?
TU ES LÀ ?
AAH
IL EST PEUT-ÊTRE ALLÉ FAIRE LES COURSES...

IL EN MET, DU TEMPS...
カチャ
CLING
ピーッ
TUUUT
ピーッ
TUUUT

...
PFF...
C'EST IDIOT DE SORTIR SANS SON PORTABLE...
BAH, S'IL NE L'A PAS EMPORTÉ, C'EST QU'IL NE COMPTAIT PAS SORTIR LONGTEMPS...

T'ES VRAIMENT COLLANTE, COMME GAMINE !
JE T'AI DIT DE RENTRER CHEZ TOI !
CE N'EST PAS UN ENDROIT POUR UNE MIOCHE COMME TOI, ICI !
VOUS ÊTES SOURD ?!
FAITES VENIR, SLY !
ÇA COMMENCE À BIEN FAIRE !
TU VAS AVOIR DES PROBLÈMES !
GOTÔ.
MONSIEUR...
JE SUIS NAVRÉ POUR LE BRUIT...
C'EST BON, GOTÔ.
ALLEZ-Y, JE VOUS DIS ! JE NE BOUGERAI PAS AVANT QUE VOUS L'AYEZ APPELÉ !
CETTE DEMOISELLE EST MON INVITÉE.
HEIN ? CETTE MIOCHE ? EUH, CETTE JEUNE FILLE ?

À PROPOS, MADEMOISELLE. SAVEZ-VOUS CE QU'EST LE FARMEC ?
BIEN SÛR, VOYONS ! QUELLE QUESTION !
TIENS DONC...
ÇA AURAIT POURTANT ÉTÉ LE MOMENT DE L'UTILISER...
VOUS N'ÊTES PAS ACCOMPAGNÉE DE M. KUROE, AUJOURD'HUI ?
IL A DISPARU...
C'EST TRÈS FÂCHEUX.
PEUT-ÊTRE VOIT-IL UNE DAME EN CACHETTE...

AH...
RACONTEZ-MOI TOUT, MADEMOISELLE.
EFFECTIVEMENT...
L'AFFAIRE EST GRAVE...
ET JE SUPPOSE QUE VOUS ÊTES VENUE ME DEMANDER DE L'AIDE ?
POUR L'ARGENT... J'EN AI.
IL N'Y A PAS GRAND-CHOSE, MAIS C'EST TOUT MON ARGENT DE POCHE.

JE SUIS NAVRÉ, MAIS JE NE PEUX PAS L'ACCEPTER.
HEIN ?
MAIS POURQUOI ? SI CE N'EST PAS ASSEZ, JE TE PRO-METS QUE...
NON, MADEMOI-SELLE.
CONTRAIREMENT AUX APPARENCES, JE NE SUIS PAS LE GENRE D'HOMME QUI ACCEPTE DE L'ARGENT D'UNE DEMOISELLE EN PLEURS.
BIEN, ET SI NOUS ALLIONS À SA RECHERCHE.
QU'Y A-T-IL ?
JE ME DISAIS QUE DÉSORMAIS, JE FERAIS MIEUX DE TOUJOURS COUPER UNE DEMI-DOUZAINE D'OIGNONS AVANT DE TE DEMANDER UNE FAVEUR...
TSS...
JE VOUS AI RÉVÉLÉ UN DE MES POINTS FAIBLES...

TOUT D'ABORD, ALLONS VOIR LARRY.
LARRY ?
IL EST TOUJOURS AU COURANT QUAND IL SE PASSE QUELQUE CHOSE DANS CETTE VILLE.
VOILÀ...
C'EST LARRY.
MAIS C'EST UN CHAT !!
HMM ?
JE NE T'AI PAS DÉJÀ VU QUELQUE PART, TOI ?
POF

ZUIP
ZUIP
...
AAAAAAH !
LE CHAT DE LA DERNIÈRE FOIS !!
VLAN
HE HE
ALORS COMME ÇA, VOUS VOUS CONNAISSEZ ?
OUI, SI ON PEUT DIRE...
MAIS EN QUOI UN CHAT PEUT-IL NOUS AIDER ?
CE N'EST PAS UN CHAT ORDINAIRE, MADEMOISELLE.
IL CONNAÎT TOUS LES CHATS DE GOUTTIÈRE DU QUARTIER.
SI JAMAIS L'UN D'ENTRE EUX A VU MONSIEUR, IL NOUS LE FERA SAVOIR.
SI C'EST UNE BLAGUE, JE LA TROUVE DE MAUVAIS GOÛT.
FAITES-MOI CONFIANCE.
LARRY, JE COMPTE SUR TOI.

MADEMOI-SELLE.
LE JOUR VA BIENTÔT SE LEVER...
RESTONS-EN LÀ POUR CE SOIR.
MAIS...
NOUS AVONS VÉRIFIÉ PRESQUE TOUS LES ENDROITS OÙ IL AURAIT PU SE TROUVER...
ET LARRY M'A DIT QU'AUCUN DE SES CAMARADES NE L'AVAIT VU.

LE JOUR VA SE LEVER, IL EST INUTILE DE POURSUIVRE PLUS LONGTEMPS.
LAISSEZ-MOI FAIRE, IL VAUT MIEUX QUE VOUS RENTRIEZ VOUS REPOSER, MADEMOISELLE.
DÈS QUE J'AURAI DU NOUVEAU, JE VOUS CONTACTERAI.
D'AC-CORD...
MERCI...
ALLEZ, IL N'Y A PAS LIEU DE S'INQUIÉTER...
MONSIEUR N'AURAIT AUCUNE RAISON DE PARTIR EN VOUS LAISSANT COMME ÇA...
NON...
IL EST POSSIBLE...

QUE M. KUROE AIT SIMPLEMENT BESOIN D'ÊTRE SEUL DE TEMPS À AUTRE.
D'ÊTRE SEUL ?
OUI.
JE VOUS RACCOMPAGNE JUSQUE CHEZ VOUS...

KUROE N'EST PAS DANS CETTE PIÈCE...

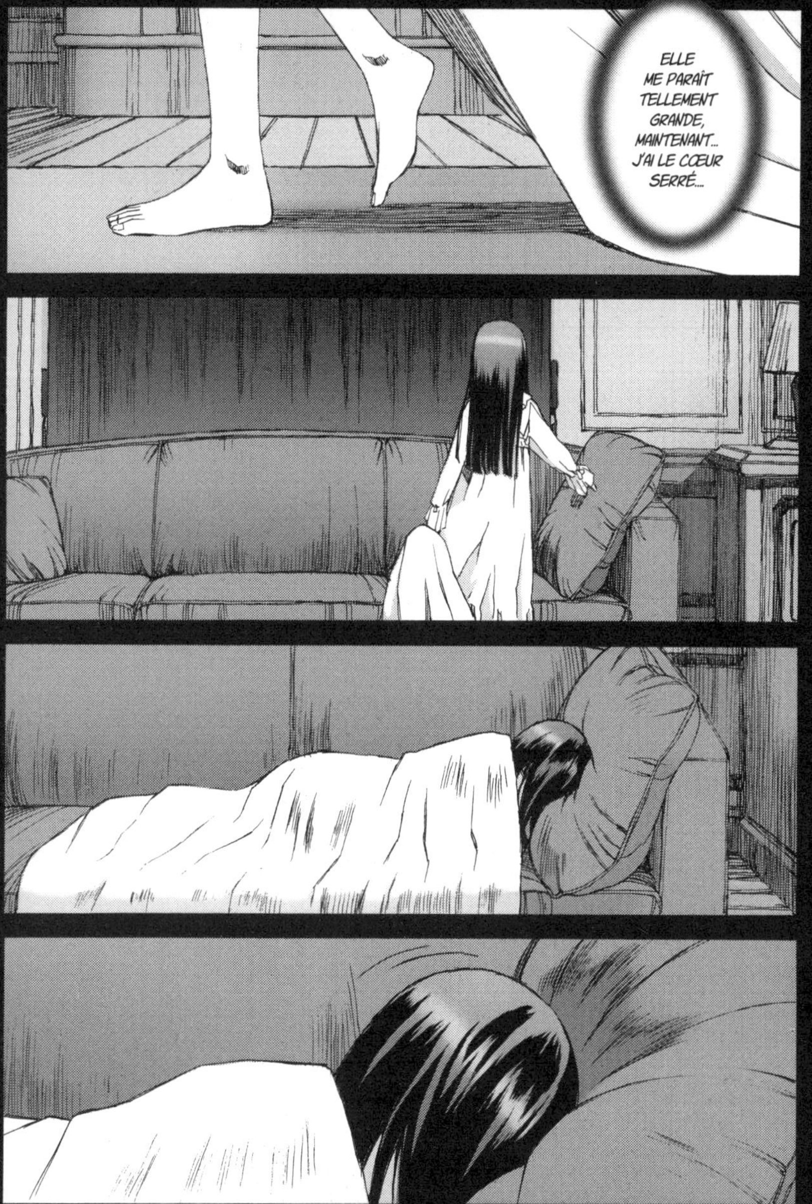
ELLE ME PARAÎT TELLEMENT GRANDE, MAINTENANT... J'AI LE CŒUR SERRÉ...

KUROE...
OÙ ES-TU PASSÉ ?

MERCI, TU PEUX ME LAISSER ICI.
HEIN ?
JE COMPTAIS TE RACCOMPAGNER JUSQUE CHEZ TOI.
CE N'EST PEUT-ÊTRE PAS DE MOI QUE TU DEVRAIS T'INQUIÉTER, TU SAIS...
TU N'AS PAS PRÉVENU MISAKI DE TON ABSENCE, JE ME TROMPE ?
!!
AH...

DÉSOLÉ SAINOME... LA PROCHAINE FOIS ON PREN-DRA PLUS DE TEMPS POUR DISCUTER !
...
OH LÀ LÀ...
VROUM
VROUM
JE VAIS FINIR PAR ÊTRE JALOUSE...
CATCHING

!!
MAIS POURQUOI DORT-ELLE SUR LE SOFA ?
ZZZ...

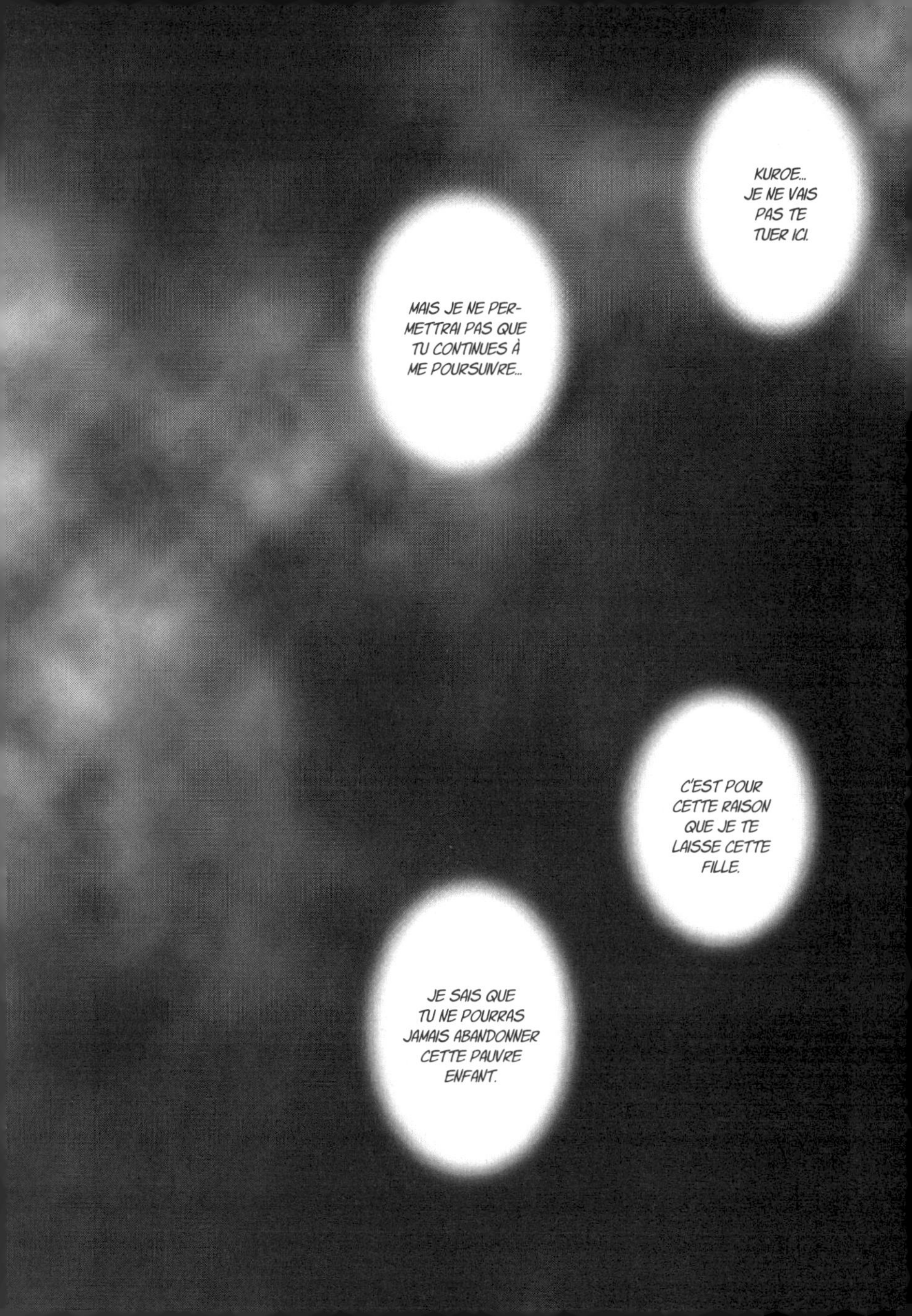
KUROE... JE NE VAIS PAS TE TUER ICI.
MAIS JE NE PERMETTRAI PAS QUE TU CONTINUES À ME POURSUIVRE...
C'EST POUR CETTE RAISON QUE JE TE LAISSE CETTE FILLE.
JE SAIS QUE TU NE POURRAS JAMAIS ABANDONNER CETTE PAUVRE ENFANT.

ELLE SERA...
COMME UNE CHAÎNE À TES PIEDS.

PARDON, MISAKI.
NOUS NE POUVONS PLUS...
VIVRE AINSI, TOUS LES DEUX.
KUROE ?
MAIS QU'EST-CE QUE TU RACONTES ?!

IL Y A QUELQU'UN DE TRÈS CHER À MES YEUX QUE JE NE PEUX OUBLIER...
JE DOIS PARTIR À SA RECHERCHE...
C'EST POUR CELA...
QU'IL EST TEMPS DE NOUS SÉPARER, MISAKI.
KUROE !!
!!

KUROE !!
MISAKI...

JE SUIS LÀ...

OÙ ÉTAIS-TU PASSÉ, HIER ?
J'ÉTAIS CHEZ LES PARENTS DE SAINOME.
CHEZ SES PARENTS ?!
WAH ?!
MAIS QU'EST-CE QUI TE PREND DE CRIER COMME ÇA ?
RIEN...
C'EST CE RÊVE BIZARRE QUE J'AI FAIT...
ALLONS SALUER TON PÈRE SANS PLUS TARDER !
OUI. ♥

NOUS SOMMES ALLÉS SUR LA TOMBE DU PÈRE DE SAINOME.
JE LUI DOIS BEAUCOUP, MOI AUSSI.
SUR SA TOMBE...
TU T'ES FAIT DU SOUCI PARCE QUE JE SUIS PARTI SANS PRÉVENIR...
PARDON.
CE N'EST PAS GRAVE...
...
ス
DIS-MOI...

KUROE, EST-CE QUE...
TU ÉPROUVES PARFOIS LE BESOIN...
D'ÊTRE SEUL ?
LE BESOIN D'ÊTRE SEUL...
FLAH
EH BIEN... J'AI PASSÉ BIEN ASSEZ DE TEMPS TOUT SEUL...

DÉSORMAIS JE PRÉFÈRE QUE NOUS SOYONS DEUX.

Appendice
AFTER THE DANCE
LA SAINOME D'APRÈS

OU PEUT-
ÊTRE PAS...
POC
コ...
VLOF
ズル...
AAAAH
...
MMMH
ゴロ
ROLL
ゴロ
ROLL
À SUIVRE...

Titre original :
BLOOD ALONE, vol. 3

First published in Japan in 2006 by MEDIA WORKS INC., Tokyo
French translation rights in France arranged with MEDIA WORKS INC.,
through Tuttle-Mori Agency, Inc., Tokyo.

Édition française

Traduction :
GB One

Adaptation :
Ahmed Agne & Cécile Pournin

Adaptation graphique :
GB One

ISBN : 978-2-915513-45-5
Dépôt légal : février 2007
Achevé d'imprimer en France en mai 2010 par CPI Aubin Imprimeur